AF358980

ESSAIS D'HISTOIRE

DU DRAME ROMANTIQUE

L'AMOUR DANS LE DRAME

PAR

M. A. JOLY

DOYEN DE LA FACULTÉ DES LETTRES DE CAEN

CAEN

IMPRIMERIE DE F. LE BLANC-HARDEL

RUE FROIDE, 2 ET 4

1881

Extrait des Mémoires de l'Académie Nationale des Sciences, Arts et Belles-Lettres de Caen

ESSAIS D'HISTOIRE

DU DRAME ROMANTIQUE

L'AMOUR DANS LE DRAME

On a tout dit sur la valeur littéraire des drames de V. Hugo, sur leurs mérites et leurs défauts, sur leurs insuffisances dramatiques et tout ce qu'ils offrent de factice et de convenu, sur leur force d'invention, leur puissance et leur originalité, leur merveilleux coloris, leur rare beauté lyrique, leur langue étincelante, toute semée de ces vers d'un relief étrange, aux sonorités métalliques, qui éclatent,

Comme autant de clairons sonnant des tintamarres.

Je voudrais y chercher autre chose, et, dans une étude toute psychologique, voir comment le drame romantique, dans *Hernani* et dans quelques autres œuvres du même temps, a compris et essayé de peindre l'amour, quelle expression nouvelle il a tenté de lui donner, ce qu'était l'amour à la mode de 1830. Car, si l'amour est éternel, l'expression de l'amour est essentiellement sujette à la mode.

Hernani est le chef d'une famille nombreuse, dont les membres ont bien des traits communs; il est le frère jumeau de Didier, le frère aîné d'Antony.

Notons cependant tout de suite que ce doit être tout au moins un frère d'un autre lit. Les mères étaient évidemment différentes, et filles d'un tout autre climat. On voit qu'Antony a dans les veines du sang de Tiennette la négresse. En effet, dans les deux théâtres, les amoureux, malgré une foule de traits communs, offrent cependant bien des diversités de caractères. Ce sont deux tempéraments différents. Dans le théâtre de V. Hugo, on aime surtout avec son imagination; et dans celui d'A. Dumas, on aime avec ses sens, rien que ses sens. On a eu bien raison de le définir le drame physiologique.

Les deux écrivains, à cet égard comme à beaucoup d'autres, obéissent à deux tendances littéraires bien distinctes. Ils ont pu se faire plus tard des emprunts, réagir l'un sur l'autre; mais ils diffèrent essentiellement à l'origine. En dépit de tout, V. Hugo représentera toujours le drame d'imagination, le drame avant tout poétique. A. Dumas est le vrai père du réalisme violent, brutal et matérialiste.

L'amoureux du drame romantique, celui qui a le droit de ressentir et d'inspirer de l'amour, droit absolument refusé au « bourgeois glabre », qui peut bien se reproduire, obtenir même un certain attachement routinier, vulgaire, mais non l'amour vrai, l'amour romantique, l'amour exalté, brûlant, irrésistible, l'amour par coup de foudre, le jeune premier romantique se reconnaît à un certain nombre d'épithètes, toujours les mêmes, qui lui constituent comme une sorte de signalement des plus précis et des plus nets.

Tout d'abord il est *fatal* et il est *funeste*, Hernani le déclare expressément, et il ajoute :

> Chargé d'un mandat d'anathème,
> Il faut que j'en arrive à m'effrayer moi-même.

« Moi *fatal* et méchant », dira de son côté Didier. Il se sent et se dit poursuivi par une implacable fatalité. Il est heurté dans l'orage à des écueils sans nombre. Il a été fait pour haïr, bien qu'il ne sût qu'aimer.

> Va, si jamais le Ciel à mon sort qu'il renie
> Souriait. . . . . n'y crois pas ! ce serait ironie.

Il en est de même dans *Angelo*. C'est ainsi que Victor Hugo dépeint dans sa préface l'amoureux : « ce Rodolfo mélancolique et violent, passionné et *fatal*, frappé comme homme par l'amour, comme prince par l'exil. »

Et ce caractère s'étend même à la race. Non-seulement Rodolfo est fatal, mais il l'est de père en fils. « Prenez garde, dit-il à Tisbé, ma famille est une famille *fatale*. »

Tout ce qui approche d'Hernani, tout ce qui tient à lui est également *fatal*. Quand Charles-Quint lui demande son nom :

Je le garde secret et *fatal* pour quelque autre.

Son chemin aussi est *fatal* et il a un front maudit.

Le mot, du reste, a fait fortune. Il n'est pas particulier au héros de V. Hugo. C'est le secret même du romantisme. « Bocage, dit Th. Gautier, était le véritable idéal du jeune premier romantique. La tendresse, la passion, la beauté même ne suffisaient pas pour faire un amoureux accompli, il fallait encore une certaine fierté dédaigneuse, un mystère à la façon de Lara et du giaour, en un mot, une *fatalité* byronienne. Derrière l'amant on devait sentir un héros inconnu, en lutte aux injustices du sort et plus grand que son destin. On retrouve les traits principaux de ce caractère dans la plupart des pièces du temps. »

Ce mot de fatalité, on pourrait l'inscrire au frontispice du drame romantique, comme V. Hugo a écrit Ἀνάγκη sur sa *Notre-Dame de Paris*.

Hernani est poussé par une force mystérieuse. Il a à peine la conscience de ses actes. Tu me crois peut-être, dit-il,

Un homme comme sont tous les autres, un être
Intelligent, qui court droit au but qu'il rêva ?
Détrompe-toi. Je suis une force qui va !
Agent aveugle et sourd de mystères funèbres !
Une âme de malheur faite avec des ténèbres !
Où vais-je ? je ne sais. Mais je me sens poussé
D'un souffle impétueux, d'un destin insensé.
Je descends, je descends, et jamais ne m'arrête.
Si parfois, haletant, j'ose tourner la tête,
Une voix me dit : marche ! Et l'abîme est profond,
Et de flamme et de sang je le vois rouge au fond !
Cependant, à l'entour de ma course farouche,
Tout se brise, tout meurt. Malheur à qui me touche !
Oh ! fuis ! détourne-toi de mon chemin *fatal*.
Hélas ! sans le vouloir, je te ferais du mal !

Antony aussi est *fatal* comme Didier, comme
Hernani. Et cette idée de fatalité se retrouve à
chaque page du drame. C'est la fatalité qui l'a
mis sur le chemin d'Adèle. C'est la fatalité qui le
jette au devant de ses chevaux, quand elle ne
songeait qu'à le fuir. Et cette fatalité Dieu lui-
même la reconnaît et l'accepte. « Mon Dieu, s'écrie
Adèle d'Hervey au V⁰ acte, qu'est-ce donc que
cette fatalité à laquelle vous permettez d'étendre
le bras au milieu du monde, de saisir une femme
qui avait toujours été vertueuse et qui voulait
toujours l'être, » etc. ?

A. Dumas trouvait que Firmin était incapable
de bien jouer Antony, parce que « il lui manquait
la fatalité qui fait les Oreste de tous les temps. »

Ainsi, le drame a repris pour son compte le

mot de la tragédie grecque. A. de Vigny le répète sans cesse, il y voit la condition nécessaire du genre.

Seulement le drame l'entend autrement que l'antique tragédie. Pour celle-ci la fatalité était dans les choses : il y avait des événements auxquels le héros ne pouvait échapper. Ici, c'est la passion qui est la fatalité. C'est dans le cœur qu'elle agit. Il y a un amour fatal, irrésistible, qui fait que les personnages n'ont plus de volonté, plus de personnalité, et qu'ils n'auraient plus de responsabilité, si, en effet, il pouvait y avoir pour l'homme une telle situation morale.

La fatalité antique laissait au personnage toute sa valeur morale : il pouvait lutter. Il était vaincu, terrassé ; mais il s'appartenait jusqu'au dernier moment. C'est là ce qui fait l'incomparable beauté du *Prométhée* d'Eschyle. Œdipe, de son côté, commet des crimes abominables ; mais c'est à son insu. Il n'abdique jamais sa conscience, et quand il connaît sa faute, il gémit et se punit.

Il y a là un être toujours humain, connaissant le bien et le mal, ayant le sentiment de sa responsabilité.

Singulier progrès des modernes! Ils ont déplacé la fatalité et ôté ainsi à la créature tout sentiment d'elle-même et du devoir. Elle n'est plus, comme dit V. Hugo, qu'une force aveugle, ou plutôt une inertie obéissant à une force extérieure.

Conception dramatique étrange! Confession ingénue qui nous donne le secret des impuissances

du drame romantique! Depuis la Grèce antique,
on avait toujours cru que le drame était avant
tout l'histoire d'une âme, de ses agitations, de
ses transports, de ses luttes contre les passions
ou contre la destinée. Le personnage romantique
n'est pas une âme, c'est une force qui va on ne
sait où et qui n'en sait rien elle-même, une âme
faite d'ombre, de nuit, de ténèbres, de brume;
quelque chose de sombre, de vague, de flottant;
une sorte de fantôme. Heureuse représentation de
l'humanité ! On voit là l'effet inconscient de ce
panthéisme nuageux, qui est au fond la vraie
philosophie de Victor Hugo.

D'ailleurs, tous ces personnages se vantent. Ils
n'ont rien à démêler avec cette terrible puissance
que représente la fatalité antique, cette force
mystérieuse, inéluctable, dont les dieux mêmes
étaient les tributaires, rien à faire avec ce terrible
problème qui trouble encore les âmes modernes,
cette puissance secrète en éternel procès avec le
libre arbitre. Le maître d'Antony a un nom bien
moins pompeux : c'est le hasard. Il le dit lui-
même : « Le *hasard* seul semble jusqu'à présent
avoir réglé ma destinée. Si vous saviez combien
les événements les plus importants de ma vie ont
eu des causes futiles?..... Dieu me garde d'avoir
une idée arrêtée. J'aime trop, quand cela m'est
possible, charger le *hasard* du soin de penser
pour moi. »

A quoi cependant reconnaît-on qu'un homme
est *fatal?* Cela ne s'analyse pas, cela ne se discute

pas. On est *fatal* ou on ne l'est pas ; de même que l'on est *supérieur*. Car être *supérieur*, et *supérieur* dans les mêmes conditions, est aussi un des traits caractéristiques du jeune premier romantique.

Antony est supérieur. « Oh ! dit Adèle d'Hervey à sa sœur, si tu l'avais suivi comme moi au milieu du monde où il semblait étranger, parce qu'il lui était *supérieur !* » Et dans un autre endroit, quand elle vient de le fuir : « Peut-être, se dit-elle, peut-être suis-je partie trop tôt et le danger n'était-il pas aussi grand que je le croyais. Pourquoi cette agitation, ce trouble, quand je vois tant de femmes ?..... Oh ! c'est qu'elles ne sont pas aimées d'Antony ; l'amour banal de tout autre m'eût fait sourire de pitié. Mais son amour à lui,...... lui *si supérieur* à tous les autres hommes. Ah ! voilà pourtant ce qu'un préjugé m'a enlevé ! »

Il faut noter, en passant, qu'on ne peut s'empêcher de sourire quand on voit cet enthousiasme pour le héros du drame et qu'on songe qu'on est au temps de la poésie personnelle, que le poète désormais a le droit et le devoir de se peindre lui-même, de s'occuper de lui-même, que l'auteur a déclaré en tête de son œuvre que c'est bien de lui qu'il y est question et qu'ainsi c'est à lui-même qu'il décerne ces éloges enthousiastes.

Et cette supériorité suffit à tout excuser : Adèle, au IV⁰ acte, après avoir soigneusement exposé combien elle est coupable, combien inexcusable, tout à coup se ravise : « Dieu et toi, dit-elle, savez qu'une femme ne pouvait résister à tant d'amour. Ces femmes si vaines, si fières, eussent succombé comme moi, si mon Antony les eut aimées..... Car quelle femme pourrait résister à mon Antony? »

A quoi tient donc cette supériorité? L'auteur ne se met pas en peine de nous en fournir les preuves, de nous en donner même une idée. Je sais bien qu'Antony nous dit dans un passage : « arts, langues, sciences, j'ai tout étudié, tout appris. » Mais de cette supériorité il n'est plus question dans le reste de la pièce ; il n'a pas l'air de s'en préoccuper le moins du monde, et Adèle n'y songe pas davantage. Non, il est supérieur parce qu'il est supérieur. Les hommes ordinaires doivent prouver leur supériorité : Lui n'en a pas besoin. Il dit lui-même qu'il est supérieur : elle aussi déclare qu'il est supérieur ; il n'en faut pas davantage. Ils constituent à eux deux à cet égard un jury suffisant, le seul vraiment compétent. Ne sont-ils pas les élus de l'amour, les seuls dignes d'en comprendre les mystères?

On a du reste bien raison de ne pas analyser. Au fond il n'y a rien là que caprice et effet matériel. Cet amour naît d'un regard, il est instantané. Il y a là, nous le verrons plus loin, quelque chose de tout physique, comme une sorte d'influence magnétique. C'est le corps qui parle au corps.

Cette impuissance même à caractériser la supériorité lui donne je ne sais quoi de mystérieux qui en fait la grande séduction ; le mystère est la première condition de la supériorité aussi bien que

de la fatalité, et il en est la force. On ne nomme
pas l'homme fatal. On le désigne par un pronom,
lui, pronom solennel qui dit bien des choses.
« C'est *lui*, *lui* Antony..... toujours *lui!* — Dans
toutes les circonstances graves ce *lui* reparaît. Il
est irrésistible. C'est *lui*. Que répondre à cela?
Qu'est-ce en présence de cela que les scrupules,
la pudeur, la délicatesse des sentiments. le devoir?
C'est *lui*. Le pronom personnel prend du reste
dans ce drame une importance et une valeur
qu'on ne soupçonnait pas. Au V⁰ acte, Adèle
dit que son mari la tuera. Antony s'écrie : *lui*
te tuer, *toi* mourir, *moi* te perdre! » Les voilà tous.

Cependant, pour aider les faibles yeux du public
non initié à le reconnaître, le jeune homme fatal
a un costume particulier, un costume sombre
comme lui-même, comme son âme. Didier est tout
habillé de noir. Rodolfo, dans *Angelo*, apparaît,
c'est le texte qui le dit. « Vêtu de noir, sévère, une
plume noire au chapeau. » Il a une beauté parti-
culière. une beauté qui se sent plus qu'elle ne
s'explique ou se démontre, qui se reconnaît surtout à l'effet produit. au choc. qui inspire l'amour
fatal. une beauté qui n'est pas la beauté grecque
régulière, classique, qui peut être même parfois
la laideur. Les académiciens la méconnaissent fa-
talement. les bourgeois et bourgeoises passent à
côté d'elle sans la voir. Mais celui qui en est doué
ne manque jamais d'en avoir conscience; c'est là
le point capital. Il est pourtant un de ses caractères essentiels qui peut frapper même les yeux

des Philistins. Le jeune homme romantique est
pâle. La pâleur, dit A. Dumas, est pour ses personnages un des premiers besoins du drame moderne. Et une des choses qui l'ont consolé de voir
son drame échapper aux mains de Mlle Mars et de
Firmin, c'est que « l'une n'osait pas, et que
l'autre ne pouvait pas être pâle » (*Mém.*, t. XVIII,
p. 240). Th. Gautier aussi nous a donné son portrait
physique, ce qu'il était ou au moins ce qu'il aurait
voulu être : « pâle, livide, verdâtre, un peu cada-
véreux, s'il était possible. Cela donnait l'art fatal,
byronien, giaour, dévoré par les passions et les
remords. Les femmes sensibles vous trouvaient
l'air intéressant. » Il a dit la désolation de ceux
qu'une nature marâtre avait mal à propos doués
d'un teint frais et rose et d'un air de santé.
Cependant ici encore il y a une différence entre
les amoureux des lacs et les frères d'Hernani. Les
premiers étaient pâles, mais d'une pâleur mala-
dive, blanchâtre, lunaire, la lune est leur maîtresse adorée et leur muse ; les autres ont une
pâleur chaude, une pâleur d'Orient ; ils sont pâles
jusqu'à en être parfois olivâtres, basanés et fauves
de ton, comme Joseph Bouchardy, un « maharadjah
de Lahore : » comme Petrus Borel, le lycanthrope.
« Olivâtre de peau, doré de légers tons d'ambre,
avec des yeux d'Abencerage pensant à Grenade, des
yeux exotiques ou nostalgiques, Petrus réalisait
absolument l'idéal de la beauté romantique, il
semblait tout environné d'ombre, tout enveloppé
de ce mystère qui en est le charme et l'inexpli-

cable séduction. Il n'était pas contemporain, rien
en lui ne rappelait l'homme moderne; il semblait
toujours venir du fond du passé » (Th. Gautier,
p. 20, 22).

Il est curieux de voir comme les hommes ont
varié avec les temps dans l'appréciation de la
beauté. Dans les poëmes et les romans du moyen
âge, au temps où la force est la première qualité
du héros, pour être beau, tous les auteurs du
temps sont d'accord à cet égard, il faut avoir le
visage coloré, une large carrure, une haute taille,
toutes les apparences de la force et de la santé.
Dans l'âge des rêveurs, la beauté se compose de
pâleur et de faiblesse.

Ainsi Hernani est *fatal*, et de plus il est *funeste*.
C'est là une de ses originalités, une de celles
dont il est le plus fier, un des titres dont il aime
à se parer en toutes circonstances :

Je suis banni, je suis proscrit, je suis *funeste*

s'écrie-t-il.

Et Didier, parlant de lui-même, dira de son
côté :

Moi, *funeste* et maudit.

Hernani porte malheur à tous ceux qui l'appro-
chent, surtout à ceux qui ont la déplorable pensée
de l'aimer. Et c'est là précisément une de ses plus
puissantes séductions, une de celles qui le rendent
irrésistible.

Monts d'Aragon ! Galice ! Estramadoure !
Oh ! je porte malheur à tout ce qui m'entoure !
J'ai pris vos meilleurs fils ; pour mes droits, sans remords
Je les ai fait combattre et voilà qu'ils sont morts !
Voilà ce que je fais de tout ce qui m'épouse !
(Act. III , Sc. IV.)

Fuis ma contagion , dit-il à Doña Sol (Act. III ,
Sc. IV).

Et Didier , de son côté , dit à Marion :

A me suivre poussée,
Tu vas cherchant l'exil , la misère.

Et Hernani dit :

Jamais à l'épouse , un époux plein d'orgueil
N'offrit plus riche écrin de misère et de deuil.

Je dois t'être *odieux*, dit-il ailleurs , et en effet
ils ne se contentent pas d'être funestes , ils se
font gloire d'être mauvais ; on sait quelle part
ont dans le romantisme les instincts sataniques,
quelle place, depuis Méphistophèles , le diable a
tenu dans cette poésie.

« Moi fatal et méchant », soupire Didier. Il est
sombre, en outre ; il a beaucoup de *brume* et
beaucoup de *nuit*.

Car je suis mauvais, dit Hernani. Je rentre dans
ma nuit, dit-il à Doña Sol, je noircirais tes jours
avec mes *nuits*.

C'est un démon redoutable, te dis-je ,

> Que le mien ; mon bonheur, voilà le seul prodige
> Qui lui soit impossible.

Ai-je droit, dit son frère Didier presque dans les mêmes termes,

> Ai je droit d'accepter ce don de son amour,
> E de mêler ma brume et ma nuit à son jour ?

Hernani nous dit lui-même qu'il n'est qu'un fou furieux, un sombre insensé,

> Qui ne sait caresser qu'après qu'il a blessé.

Et ailleurs :

> Oui mon astre est mauvais,
> J'ignore d'où je viens e j'ignore où je vais.
> Mon ciel est noir.
> . . . .
> Laisse-moi suivre seul ma sombre route.
> . . . .
> Mais sais-tu ce que peut cette main généreuse
> T'offrir de magnifique ? Une dot de douleurs :
> Tu pourras y choisir ou du sang ou des pleurs.

Mais Hernani, comme Didier, se calomnie. Ce malheur qu'ils portent avec eux, cette influence néfaste, ils n'en sont point responsables, car ce sont au contraire des hommes « au cœur profond et doux. » Non ils subissent et ils répandent l'influence d'une inéluctable fatalité.

Antony, dans A. Dumas, est odieux aussi. Mais
il y a en ce point encore une différence essentielle
entre les deux auteurs. Ce mot, dans V. Hugo,
n'était qu'une hyperbole métaphorique du personnage se noircissant à plaisir. Chez Dumas, c'est
l'expression trop exacte de la vérité.

Il ne craint pas, en effet, de donner à ses jeunes
premiers des caractères franchement et véritable-
ment *odieux*. Dumas reprochait à notre vieux
théâtre un optimisme exagéré ; lui obéit à un pessi-
misme sans limite, et cela n'empêche pas ses
héros d'être adorés. Tout au contraire. Mais ils
sont tout d'une pièce, méchants sans hésitation ni
remords. Il n'a nul désir de gazer un peu leurs
mauvais instincts. Il ne cherche aucunement à
nous intéresser ; il trace une peinture âpre et
brutale de toutes les réalités mauvaises. Ils courent
au mal ou sont dans le mal carrément et sans
aucun déguisement. Antony, Arthur, dans Thé-
résa, vont avec fureur à la satisfaction de leurs
désirs. Alvimare, dans Angèle, est franchement
et absolument odieux. Le drame d'A. Dumas est
féroce. Et ce qui le rend plus terrible encore, c'est
que Hernani est une création poétique, tandis que
Dumas se pique avant tout de réalité. Il a supprimé
le *lointain*. Hernani vivait dans le passé, dans
l'idéal, au pays de Poésie. Antony a la prétention
d'appartenir à la vie réelle. L'aventure est d'hier ;
elle relève absolument de la Cour d'assises. Le
héros lui appartient par le guet-apens, le viol et
l'assassinat ; il ne lui échappe que par le suicide.

Ce sont là toutes choses trop réelles, nommées et visées par des articles connus du Code.

Cependant, comme ils sentent l'iniquité du sort qui les poursuit, malgré les bénéfices dont il est accompagné, puisque c'est à lui qu'ils doivent la tendance des femmes *fatales*, ils éprouvent de temps en temps le besoin de maudire la destinée qui leur est faite. *Maudire* est une des spécialités du romantique, comme la désespérance un de ses caractères et une de ses supériorités.

Lui seul sait insulter à cette fatalité qui l'écrase, à ce pouvoir tyrannique, plus fort mais moins grand que lui ; lui seul est en possession de l'ironie satanesque, de ce rire amer, avec lequel il fait justice de la supériorité brutale des choses et qu'il tourne au besoin contre lui-même. Il y a des moments où la foule le croit heureux. Heureux, lui, quel blasphème ! Oh oui, s'écrie Didier, avec un rire éclatant et désespéré :

> Est-ce pas que je suis bien heureux ?

Et dans Antony : Vous êtes donc heureuse, Madame ? — Adèle : Oui, heureuse. — Antony : Moi aussi ! Adèle, je suis heureux ! — Vous ! — Pourquoi pas ?... Douter, voilà le malheur. Mais lorsqu'on n'a plus rien à espérer ou à craindre..... Qui donc, en me regardant, oserait dire qu'Antony n'est pas heureux ! Et ailleurs : Nous ne sommes pas malheureux à demi, *nous !* Regarde-moi en face, Adèle. Nous sommes heureux, n'est-ce pas ?

En effet, le jeune homme romantique est essentiellement malheureux. Le sort lui est contraire, la société lui est marâtre, elle l'a rejeté. On sait combien en ce temps d'insurrection chronique était à la mode l'homme hors la loi, l'*outlaw* sous toutes les formes, brigand, bandit, pirate, klephte, contrebandier, bohémien, le déclassé, l'homme en dehors des conditions sociales et qui a par conséquent le droit de les maudire. On raffolait du Gœtz de Berlichingen de Gœthe, des bandits de Schiller, du Robin Hood de Walter Scott. Béranger chantait successivement le gueux, le bohémien, le braconnier, le contrebandier. C'est le temps du triomphe de Robert-Macaire, on donnait au théâtre Robert - Macaire en paradis. On célébrait tous les parias. L'honnête et classique C. Delavigne, lui-même, avait écrit un *Paria*.

V. Hugo n'a pas voulu refuser à Hernani cette supériorité.

Hernani est un bandit. Vous viendrez, dit-il à doña Sol,

> Commander ma bande, comme on dit,
> Car vous ne savez pas, moi je suis un bandit.

On s'étonne bien quelque peu que doña Sol, qui va s'enfuir avec lui, ne sache rien de sa profession ; mais enfin la voilà proclamée.

> Moi je suis pauvre, dit-il ailleurs, et n'eus
> Tout enfant, que les bois où je fuyais pieds nus ;

> . . . . . . Je n'ai reçu du Ciel jaloux
> Que l'air, le jour et l'eau, la dot qu'il donne à tous.

C'est ainsi que, dans les *Orientales,* le Klephte a pour tous biens.

> L'air du ciel, l'eau des puits
> Un bon fusil bronzé par la fumée, et puis
> La liberté sur la montagne.

Cependant Hernani a encore, sous ce rapport, quelques progrès à faire. Il est encore dans la tradition cornélienne. Il n'a que l'apparence d'un déshérité. Il rappelle don Sanche d'Aragon, qu'on ne manquera pas de retrouver au dénouement fils de roi. Comme lui, Hernani est sorti d'une illustre maison : il est presque l'égal d'un roi. Peut-être, dit-il lui-même,

> Peut-être aurais-je aussi quelque blason illustre,
> Qu'une rouille de sang à cette heure délustre.

Sous ce nom d'Hernani se cache celui de Jean d'Aragon.

Il faut attendre la Révolution de 1830 pour que la donnée se complète, se présente franche et provocante et que le héros rompe tout à fait en visière aux préjugés. Didier, lui, est réellement ce que Hernani paraissait être : il n'a ni père ni mère ; il est sans naissance comme sans fortune.

A. Dumas précisera davantage encore les situations ; il mettra hardiment sur la scène Antony le

bâtard. Il fera mieux encore dans Richard d'Ar-
lington. Richard n'est pas moins bâtard qu'Antony
et, de plus, il est fils de bourreau. Il faudrait être
bien exigeant pour lui demander davantage.

La bâtardise est, à cette date, tout à fait en
honneur au théâtre. Celui qui est en possession
d'un état civil régulier peut bien espérer de se
marier, il faut même qu'il se marie, cela va bien
à ses préjugés, à sa façon étroite de comprendre
l'amour ; il convient d'ailleurs qu'il reproduise la
race taillable et corvéable des bourgeois, qui paie-
ront leurs places au drame romantique, mais il
ne faut pas qu'il se flatte d'allumer une vraie
passion.

C'est qu'en effet le romantisme aime à se mettre
en dehors de toutes les lois sociales et même de
toutes les convenances. Il ne veut rentrer dans
aucun cadre, il ne veut ressembler à personne, il
tient à être excentrique. Fils de la liberté, il ne
veut compter avec rien, avec aucune règle, aucun
frein. Il a horreur de toute espèce de sujétion. Il
proclame les lois acceptées par tous étroites et
mesquines ; elles gênent sa libre expansion. Il les
déclare mortelles au génie, à la fantaisie, sa
maîtresse préférée. Elle est la seule loi qu'il recon-
naisse. Le poète et l'artiste, en effet, par cela seul
qu'ils sont poètes et artistes, sont au-dessus de la
morale, au-dessus du sens commun. Ils sont
au-dessus de toute règle, parce qu'ils ont en eux-
mêmes une règle supérieure, un droit supérieur.
Le stoïcien d'Horace n'est pas plus roi, pas plus

dieu que le poète. Il est essentiellement libre. Le romantisme n'a-t-il pas pour point de départ et pour vraie charte le mépris de toute règle et de toute loi ?

Il regarde comme une des conditions de la grandeur morale de mépriser ce qu'il appelle des préjugés populaires et ce qui n'est que le bon-sens, le sens commun, le devoir même. Il ne se contente pas de mépriser ces lois, il proteste contre elles, il les attaque violemment. On sait de quelles déclamations elles ont été l'objet à cette date, comme elles sont maltraitées dans les romans de Georges Sand. Les amoureux du drame, comme ceux du roman, ne se font faute de les mettre en cause. Antony les maudit, et Christian dans *Clotilde*, Christian, voleur, assassin, traître à celle qui a tout sacrifié pour lui, Christian, au lieu de se repentir, s'en prend à la société. L'auteur, poussant à l'absurde le paradoxe romantique, en a fait une sorte de Prométhée du crime. Il n'est plus un coupable, c'est seulement un vaincu. « Je me suis, dit-il, mesuré avec la société qui m'était ennemie (on voit qu'elle avait bien ses raisons), j'ai lutté contre elle de toutes les armes....., j'ai épuisé toutes les chances de la justice, parce qu'il y avait combat. Mais grâce ! crier grâce parce que je suis *vaincu!* Non, non. La mort plutôt; la mort, c'est mon dernier droit, je le veux. » Il s'attaque à l'humanité tout entière. Il l'insulte du haut de ses crimes. « Oh ! les misérables, les hommes, où sont-ils ?... exécrables fous. »

Non-seulement le romantique ne s'enregimentera pas dans cette société, qu'il trouve si mal faite ; mais il est en révolte ouverte contre elle. Braver les habitudes bourgeoises, indigner et horripiler le bourgeois est son rêve incessant. Il se forme des groupes qui n'ont pas d'autre mot d'ordre. Ainsi s'est créé la société des Bousingaux dont Petrus Borel a été le plus bel ornement.

Quelques-uns ont des revendications modestes et peu dangereuses en dépit de l'étonnement et du scandale qu'elles provoquent ; elles ne dépassent pas le costume. Elles consistent à répudier la redingote et l'habit, vêtements bourgeois, étriqués et sans poésie, et à faire, ainsi que Th. Gautier, confectionner pour une occasion solennelle, comme la première représentation d'Hernani, sur un patron longuement médité, un gilet en forme de pourpoint, taillé dans une pièce de satin cerise, ou à porter la barbe, tombée depuis des siècles en désuétude, ou à défaut de cette barbe enviée, d'arborer au moins une chevelure mérovingienne. C'est le temps du rapin de plume ou de palette.

D'autres prennent plus au sérieux la révolte contre les lois sociales et la transportent ingénument dans la vie réelle, et vont logiquement se faire tuer sur quelque barricade.

De plus habiles se font une vie en partie double comme Philothée O'Neddy. Ils distinguent soigneusement entre la prose et la poésie, entre la vie réelle et la vie de l'imagination. Ils ont deux existences, celle qu'on voudrait avoir et celle qu'on subit ; l'existence réelle qu'on dissimule, la vie de l'imagination qu'on affiche. Ils consentent, en prose, à entrer dans cet organisme social tant conspué, même à en être un des rouages les plus modestes et les plus bourgeois ; ils sont expéditionnaires en quelque ministère. Dans leur vie poétique ils secouent tous les freins, ils rejettent tous les jougs. Ils mènent la grande existence révoltée. Ils écrivent des poëmes intitulés *Feu et Flammes*. Ils ne vivent que pour l'art et l'amour.

S'ils sont mal avec le monde, ils ne sauraient être mieux avec Dieu qui le tolère. Ils le prennent à parti. Ils sont toujours prêts à lui demander compte de sa création. Dieu n'a qu'à se bien tenir avec eux. Comme Manfred, ils n'ont jamais plié le genou devant lui. Il est vrai qu'à bien regarder les choses, cela peut paraître aujourd'hui beaucoup plus facile et moins héroïque que de ne pas le plier devant un homme.

Le monde leur semble une chose mal faite et profondément grotesque. Ils n'en parlent qu'avec une ironie hautaine. Car l'ironie est le propre du romantique. S'il méprise profondément ce gros rire, qui est celui de la foule et de la comédie, le rire qui s'attaque aux personnes, ce persiflage misérable, il a, lui, le rire qui s'attaque aux choses, le rire amer, le rire général, supérieur, qui plane sur tout, qui anéantit toutes choses, parce qu'il compare sans cesse l'infini dont il est le grand-prêtre à ce monde fini, si mesquin. Il

se moque de la création , il se moque de l'homme.
Il éclate en sarcasmes désolés : il a le rire méphis-
tophélique.

Tout au moins en ses jours d'apaisement et de
clémence , il est humoristique ; l'humour est une
joie mêlée de tristesse et de mélancolie.

Car la mélancolie est encore un des traits caractéristiques du jeune romantique. Ce qui le
constitue fatal avant tout , c'est qu'il doit mourir
jeune. On le voit , on le sent , il le comprend
lui-même. Ils portent tous au front un signe de
mort. De là le touchant attrait qu'ils inspirent. Il
y a quelque chose de mélancolique en leur destinée , et c'est par cette mélancolie qu'ils se rat-
tachent aux héros de l'âge précédent , aux héros
de Millevoye et de Lamartine. Comme eux , ils se
sentent tous condamnés. Les plus turbulents eux-
mêmes , ceux qui semblent les plus vivants , qui
ont l'activité la plus fiévreuse et la plus dange-
reusement fiévreuse , se traduisant par les actes
les plus violents , ne reculant devant aucun crime ,
adultère , viol , assassinat , ceux-là , en somme ,
n'aboutissent et ne peuvent aboutir qu'à la mort.

Chose curieuse , jamais littérature n'a eu cette
passion de la jeunesse , et jamais littérature n'a
eu tant soif de la mort.

Le romantisme a été la littérature des jeunes.
Place aux jeunes était leur devise et ils la jus-
tifiaient. Ils sont tous entrés dans la gloire à l'âge
où d'autres cherchent péniblement leur voie. Ils
célèbrent la jeunesse sur tous les tons. Toute leur

poésie n'est qu'un hymne en son honneur. Jamais on ne s'est senti aussi heureux d'être jeune. Jamais on n'a éprouvé et exprimé d'une façon si provocante l'insolence de la jeunesse. Rien de plus caractéristique, à cet égard, que la pièce fameuse de Th. Gautier, qu'il intitule avec justice : *Fatuité*, et qui commence par ces mots : « *Je suis jeune.* » C'est le plus bruyant chant de triomphe de l'homme, ivre de ses vingt ans, qui se sait un bon estomac et se voit en possession de tous ses sens. C'est le dithyrambe de la matière jouissant d'elle-même.

Mais justement parce que l'école a cet enivrement de sa jeunesse, elle ne peut pas se consoler de la perdre : *Et noluit consolari quia non est.* Comme elle ne rêve qu'un emploi de son activité, l'amour, elle est comme les femmes galantes, elle ne voit rien, elle ne conçoit rien en dehors et au-delà de la jeunesse. Jamais depuis Ninon, maudissant sa vieillesse dans cette lettre fameuse à Saint-Évremond, jamais on n'a eu ce désespoir de vieillir. A trente ans, on proclame sa vie terminée, et avec quels cris de douleur, quelle sourde rage! On peut en voir l'expression dans Sainte-Beuve et dans tant d'autres. L'école pourrait prendre pour épigraphe le mot de l'antiquité sur la mort précoce de tous ceux qui sont aimés des dieux.

Cependant, en dépit de cet hymne éternel à la jeunesse, il n'y a rien de moins jeune en réalité que le jeune homme romantique. Il n'a aucune des grâces, aucun des entraînements, aucun des enthousiasmes, aucune des illusions, aucune des naïvetés de son âge. Autrefois, tout en engageant le jeune homme dans des actions tragiques, on essayait de lui laisser comme une certaine fleur de jeunesse. Le jeune premier romantique a toute la lassitude morale et tout le désenchantement d'un vieillard. Didier le dit en parlant de lui-même :

> Me voici jeune encore et pourtant
> *Vieux*, et du monde las, comme on l'est en sortant.

A peine le jeune homme a-t-il approché de ses lèvres la coupe de vie, et tout de suite il l'a rejetée avec dédain. Il s'est approprié tous les doutes, tous les désespoirs, toutes les impuissances de toutes les littératures. On sait, en effet, et c'est un des lieux communs de l'histoire littéraire, quelle place tiennent dans la littérature de ce temps le doute et la mélancolie, comme on y fait profession de tristesse. La fatigue de vivre, la satiété, la maladie de l'inassouvi sont à cette date le partage des âmes supérieures. On sait les noms de ces grands désabusés et de ces grands souffrants. Lord Byron et Gœthe, de Senancourt et Sainte-Beuve ont exprimé toutes les satiétés de la passion, de la débauche, de l'intelligence et même du rêve. Le siècle s'était passionné pour tous ces amoureux de la mort. Il les avait fait siens par l'enthousiasme qu'il leur accordait. La jeunesse

désormais ne souhaite rien, n'attend rien, ne croit
à rien, ni à Dieu, ni à l'âme.

> Je pourrais pour son sang t'abandonner ma vie
> Et mon âme. . . si j'y croyais,

dit A. Dumas dans une pièce de vers dont il a
fait la préface d'Antony, et qui est à l'en croire
une confession. Ils sont tous atteints d'un mal
commun, l'impuissance de vivre. Chatterton dira
comme disait Antony, comme disait Hernani (Acte
III, sc. III) :

> Je ne puis ni vivre ni mourir.

C'est que le romantique a une conception fausse de
la jeunesse et de son rôle. Dans toute vie bien or-
donnée, selon le vœu de la nature comme selon
les lois de la société, la jeunesse n'est qu'un passage et une préparation aux devoirs sévères de la
maturité. Pour le romantique la jeunesse est son
but à elle-même. elle est une fin. Au-delà il n'y
a plus qu'à souhaiter de mourir et de mourir
vite.

Quel est, en effet, le but qu'il pourrait pour-
suivre? Quel digne emploi pourrait-il faire de ses
facultés et de ses énergies? Voulez-vous qu'il
abaisse et asservisse son âme poétique à ces
misérables emplois vulgaires et routiniers, qui
sont bons pour cette bourgeoisie qu'il déteste et

méprise. Il ne remplit donc aucune fonction, il n'a aucun métier.

Il est essentiellement *inutile*. Il en fait profession. Hernani le proclame (Act. III, sc. IV) :

Je m'en vais inutile avec mon double rêve.

Le jeune romantique est comme le lys dont parle l'Écriture. Il a été paré des mains de Dieu et il se laisse contempler pour le plus grand bonheur de l'humanité. Il a jeté un vaste regard sur le monde, et, dans ce qui occupe les autres hommes, il n'a rien vu qui soit digne de lui. Il a étouffé en lui l'ambition, le désir de la gloire : il n'est resté de vivant en lui qu'une force, l'amour. Sa vraie fonction, non classée dans les fonctions sociales, c'est d'aimer et surtout d'être aimé. Le jeune romantique est créé expressément pour l'amour. Il est seul digne, seul capable d'aimer et d'être aimé. Le jeune homme de 1830 appartient avant tout à la passion. Il est la passion même. Supprimez la passion, il n'a plus de raison d'être.

Le jour, en effet, où il n'est plus aimable ni aimé, il n'a plus qu'à sortir de ce monde. Comme les héros de Gœthe et de Châteaubriand, comme Werther, comme René, Hernani est fait pour mourir avant l'âge. Il le sent bien lui-même. Au milieu de son activité fiévreuse et de ses emportements de parole, il a bien des fois en pensée devancé

l'heure de sa mort. « Tu vis , dit-il à Doña Sol. Tu
vis et je suis mort. »

Seulement , à la différence de ses prédécesseurs
immédiats , les amoureux à la façon de Millevoye
et de Lamartine et de ceux qu'Alfred de Musset
appelait les rêveurs à nacelles , des amoureux
des lacs et du clair de lune , il ne doit pas
s'éteindre lentement , il a une mort très-agitée.
La violence , en effet , est un des caractères de la
poétique nouvelle. « Les grands hommes du
temps passé , dit Th. Gautier, qu'on peut écouter
sur ces mystères du romantisme , ont pipé les
niais de leur époque avec du sucre, ceux de
maintenant aiment le poivre ; va pour le poivre :
voilà le secret des littératures. » Hernani ne se
contente pas d'en offrir à ses auditeurs , il en
a usé lui-même ; et c'était au moins du poivre
de Cayenne.

En effet, il est dans la nature du drame de
chercher avant tout l'énergie. Il tient à en faire
montre, parfois même à en faire parade. Il est
comme une machine soumise à la plus haute
pression. En toute circonstance il faut qu'il donne
toute sa *force*. Il veut obtenir toujours la plus
grande intensité de vie.

De là des drames fortement charpentés, des
entassements d'événements, des actions très-com-
pliquées et très-chargées, les passions les plus
violentes possibles , la plus grande chaleur dans
les sentiments, beaucoup de mouvement, la scène
toujours pleine de personnages toujours agités,

l'expression la plus énergique, chaque mot le plus
frappant, le plus saisissant qu'on puisse imaginer.
Et comme, lorsqu'on s'adresse à la foule, les sens
sont bien plus vite et plus fortement frappés que
l'intelligence, le côté matériel des événements
dramatiques sera surtout mis en relief. On tâchera
que le corps y parle au corps. On aura tout ce qui
agit énergiquement sur lui, le mouvement physique, le geste violent, le cri, le spectacle.

Cette physionomie nouvelle du drame est l'effet
naturel, obligatoire, des conditions nouvelles de
toute sorte au milieu desquelles il se produit,
conditions politiques, sociales, morales, littéraires.

Réaction contre la tragédie, qu'il accuse de
froideur, il cherche avant tout la chaleur, le
mouvement, la vie.

OEuvre de jeunes gens, il a toute la vivacité,
toutes les audaces, toutes les turbulences de la
jeunesse.

Il éclate en même temps qu'une révolution
politique, par laquelle la liberté vient d'être
violemment reconquise, où la puissance de l'in-
dividu s'est énergiquement affirmée par un contre-
coup naturel. On a vu en littérature l'initiative
personnelle seule maîtresse, toutes les barrières
rompues, le plaisir de tout oser, le désir d'aller
à toutes les limites, de développer sa force jusqu'aux plus extrêmes violences. Enfin, il apparaît
dans un temps où les doctrines matérialistes
triomphent, où le Saint-Simonisme a proclamé
l'amour libre.

C'est surtout dans l'expression de l'amour que le drame cherchera cette force poussée jusqu'à la violence ; et quand il n'ira pas à la violence . il ira tout au moins jusqu'à l'exagération.

Car, ainsi que nous l'avons dit au début, il y a dans le drame deux familles très-différentes d'amoureux : il y a les rêveurs et il y a les violents ; il y a l'amour poétique avec V. Hugo, et l'amour réaliste avec A. Dumas. Mais tous deux exagèrent l'expression de l'amour, et toujours avec la prédominance du corps et de la matière.

Ainsi, on a dit de tout temps que la passion possédait l'homme tout entier , que l'homme passionné ne s'appartenait plus, qu'il était absolument étranger à tout ce qui n'était pas son amour. Voyez comme le poète prend au pied de la lettre et traduit en réalité matérielle cette idée toute morale.

Hernani, en effet, est dans une sorte de catalepsie morale. Tout entier à son amour, il ignore absolument les choses du dehors. Comme le sage d'Horace . la chute du monde ne l'étonnerait pas ; il ne s'en apercevrait même pas. Il ne sent ni le froid. ni le chaud : il ne perçoit pas les bruits du dehors. La foule le croirait insensé ; il est seulement parfaitement amoureux.

Au premier acte. il est arrivé sous une effroyable tempête. Jésus ! lui dit Doña Sol en touchant son vêtement :

> Jésus ! votre manteau ruisselle,
> Il pleut donc bien?

Hernani ne s'en est point aperçu. Je ne sais, répond-il. Vous devez avoir froid? continue Doña Sol inquiète. — Ce n'est rien. Doña Sol, avec cette attention de femme amoureuse, veut lui retirer son manteau. Hernani, comme un homme tout à fait absent de lui-même, répond par une tirade exaltée et sur un ton solennel :

> Doña Sol, mon amie,
> Dites-moi, quand la nuit vous êtes endormie,
>
> .   .   .   .
>
> .   .   .   .
>
> Un ange vous dit-il combien vous êtes douce
> Au malheureux que tout abandonne et repousse ?

Et comme elle insiste encore et lui demande de nouveau s'il a froid, « moi, lui dit Hernani, employant au propre la vieille métaphore classique et faisant un jeu de mots sans y songer :

> Moi ! je brûle près de toi.

Chose curieuse, et rapprochement singulier, dans l'histoire de l'esprit français, entre deux littératures qui, à cette heure, ne se connaissent pas, c'est ainsi que le *Roman de la Table-Ronde* peignait l'amour parfait dans Lancelot du Lac. Lui aussi arrivait à cette insensibilité physique absolue.

L'ouïe chez Hernani semble également éteinte.

Dans cette même scène du premier acte, Hernani,
tout à sa pensée, n'entend aucune des paroles de
Doña Sol. Il faut qu'elle lui répète :

> Chère âme, ne pensons plus au duc.

De même au deuxième acte, lorsque Doña Sol,
qu'il est venu chercher et qui, mieux inspirée
que lui, sentant la gravité des dangers qui les
menacent, veut fuir avec lui ; lorsque Hernani,
qui entend bien que le drame ait cinq actes, a
refusé de l'emmener, et que, tenant absolument à
être surpris pour la seconde fois, il lui a répondu :

> Eh bien non ! je reste.
> . . . .
> Oublions-les, restons.

lorsqu'en dépit de toutes les vraisemblances, dans
une situation aussi menaçante, il veut se faire
donner par elle une *représentation* de tendresse,
et *posant* Doña Sol comme le sculpteur qui *pose*
son modèle, il lui a dit :

> Sieds-toi sur cette pierre,
> Des flammes de tes yeux inonde mes paupières,
> Chante-moi quelque chant.....
> Parle-moi ; ravis-moi.....

ou plus loin :

> Oh ! laisse-moi dormir et rêver sur ton sein.

Doña Sol s'écrie tout à coup épouvantée :

> Le tocsin !
> Entends-tu ? le tocsin !

Eh non, dit Hernani, toujours halluciné :

> Eh non ! c'est notre noce
> Qu'on sonne.

Doña Sol, restée plus lucide, le presse encore. Lève-toi, lui dit-elle :

> Lève-toi. Fuis, grand Dieu ! Sarragosse
> S'allume.

Hernani est toujours dans le même état de somnambulisme, étranger à toutes les réalités, poursuivant son rêve éveillé :

> Nous aurons une noce aux flambeaux.
> C'est la noce des morts, la noce des tombeaux.

Et quand ce n'est plus seulement Doña Sol qui essaie d'éveiller ce dormeur incorrigible, et qu'éclate un violent bruit d'épées entrechoquées et de cris, Hernani, au milieu de ce vacarme, se recouche paisiblement sur le banc de pierre et dit :

> Rendormons-nous !

La femme amoureuse nous est peinte des mêmes

3

couleurs. Elle aussi a abdiqué toute personnalité
morale , elle aussi est la proie de l'amour fatal.

Où et comment est né l'amour de Doña Sol
pour Hernani ? Comment cette fille de grande race
en est-elle arrivée à adorer cet inconnu , ce bandit , on ne nous le dit pas. Rosine, dans une situation toute analogue à celle-ci, se prend de passion
pour Almaviva sans savoir qui il est , mais ce n'est
pas pour cela qu'elle l'aime. Elle l'aime parce
qu'elle est jeune et parce qu'il est jeune et beau,
parce que Bartholo est vieux et jaloux et qu'il la
tyrannise, et Beaumarchais a soin de nous montrer
cet amour naissant et croissant.

Ici rien de semblable. Et cela d'ailleurs serait
contraire au caractère de l'amour romantique.

Doña Sol aime Hernani parce qu'elle l'aime.
C'est un amour fatal. Elle l'aime parce qu'il est
inconnu , parce qu'il est mystérieux.

Et du jour où cet amour est né il l'a prise tout
entière. Elle n'a pas même lutté comme Phèdre.
Il n'y a plus en elle d'être moral. C'est une abdi-
cation complète. Elle ne vit plus qu'en Hernani
et par Hernani , et ce qui caractérise absolument
cet amour romantique, c'est le caractère tout physique de cet abandon de soi-même. C'est quelque
chose comme la possession , telle que la com-
prenait le moyen âge.

Voyez en effet : Doña Sol nous est présentée
comme une vaillante fille : colombe et tigresse.
Elle sait se défendre toute seule contre la séduction , résister à toutes les tentations et résister

même à la force. Elle est prête à tous les sacri-
fices. Elle ne craint ni la faim, ni la soif, ni les
courses pieds nus, à travers la montagne, ni la
fuite ni l'exil, ni aucune des formes de la souf-
france et de la misère ; elle les envisage sans pâlir
et les supportera sans se plaindre. Elle ne craint
pas de proclamer hautement, même à la face de
Charles-Quint qu'elle brave, son amour pour un
bandit. C'est une lionne quand il s'agit de défendre
son bonheur. Prenez garde, dit-elle à son oncle,
quand il menace son époux, prenez garde, je suis
de la famille :

> Écoutez-moi, fussé-je votre fille,
> Malheur, si vous portez la main sur mon époux.

Cette fière et vaillante créature ne s'appartient
plus, n'existe plus en présence d'Hernani. Elle n'a
plus ni conscience, ni sentiment, ni volonté.
C'est la somnambule domptée par le magnétiseur.
« Je vous suivrai, je vous suivrai, a-t-elle répété à
plusieurs reprises à Hernani, qui lui a remontré
toutes les épreuves qui l'attendent :

> Nous partirons demain.
> Hernani, n'allez pas sur mon audace étrange
> Me blâmer. — Êtes-vous mon démon ou mon ange ?
> Je ne sais. Mais je suis votre esclave. Écoutez :
> Allez où vous voudrez, j'irai. Restez, partez,
> Je suis à vous. Pourquoi fais-je ainsi ? je l'ignore.
> J'ai besoin de vous voir et de vous voir encore,
> Et de vous voir toujours. Quand le bruit de vos pas

> S'efface, alors je crois que mon cœur ne bat pas ;
> Vous me manquez, je suis absente de moi-même ;
> Mais dès qu'enfin ce pas, que j'attends et que j'aime,
> Vient frapper mon oreille, alors il me souvient
> Que je vis, et je sens mon âme qui revient.

Ange ! s'écrie Hernani. Il faut avouer que ce n'est pas le mot qu'on attendait. Cet amour là n'a rien d'angélique, il est plutôt animal, au moins tout physique. Cela est bien commode pour la femme entraînée. Cela supprime pour elle toute responsabilité, tout remords. Il n'y a plus même de faute.

Adèle aussi, en présence d'Antony, semble subir une influence magnétique. Sa volonté semble tout à fait absente. Elle l'aime malgré elle. Elle a un rôle avant tout passif. Ce n'est presque plus une coupable, c'est une victime, une proie.

Le poète nous la représente comme une femme intelligente, en même temps comme une honnête femme, d'âme élevée, de sentiments délicats, de cœur tendre. Elle sent le danger : elle comprend que pour le conjurer ce n'est pas trop de tous ses devoirs autour d'elle, de sa fille et de son mari ; elle ne le cherche pas ; loin de là, elle est résolue à le fuir. Elle ne discute pas avec le devoir comme le ferait une héroïne de G. Sand. Elle n'aime pas sa faute par avance, comme tant d'héroïnes de perdition ; elle ne s'y prépare pas en y pensant. Son cœur n'a pas une complice dans son imagination. Elle voit admirablement ce qui est juste et bien.

Elle n'est pas non plus charmée ni séduite. Elle

a peur d'Antony. Il lui est aussi odieux qu'il est aimé. S'il est permis, dit-elle, à notre mauvais ange de se rendre visible, Antony est le mien.

Mais malgré tout cela, dès qu'Antony paraît, le sens moral s'éteint absolument. Il ne faut pas qu'elle le revoie; s'il lui parle, surtout s'il la regarde, elle ne peut plus répondre d'elle-même. S'il la regarde, tout est là. C'est évidemment affaire de fluide. « Oh ! c'est qu'il y a dans ses yeux une fascination, dans sa voix un charme ! »

C'est bien en effet une fascination : elle est dans cet état plus ou moins légendaire des petits oiseaux devant le serpent. Le moyen âge eût reconnu là un fait de possession. Son âme est tout à coup désarmée devant ce seul regard, ce son de voix. Admirable découverte morale du romantisme donnant au physique cet irrésistible supériorité sur le moral !

En vérité, ce n'est pas là la peinture d'une âme. C'est un cas de somnambulisme. L'auteur est préoccupé de trouver une expression de l'amour plus frappante que toutes celles qu'on a essayées jusqu'à lui, de peindre un amour plus fort que tous les amours antérieurs, une passion plus brûlante. Il voudrait trouver quelque chose qui n'ait jamais été dit, il n'y a pas réussi; ce que l'on sent surtout ici, c'est l'effort. Au lieu des ardentes et naïves effusions d'un cœur bien épris, on reconnaît partout le travail pour trouver des formes nouvelles; et Hernani en est réduit à s'écrier ingénuement :

> Pardonne : je voudrais aimer, je ne le sais !
> Hélas ! j'aime pourtant d'une amour bien profonde !

Il n'aboutit en somme qu'à cette banalité :

> Que n'ai-je un monde ?
> Je te le donnerais.

Hernani et Didier sentent et expriment sans cesse naïvement cette impuissance. Ils se plaignent, ils se désolent, ils ne peuvent traduire cette passion qui est censée être si forte en leur âme ; ce volcan se traduit par de sourds grondements, mais il n'éclate pas. Ils ne savent qu'arracher des larmes à leur maîtresse, et puis ils s'écrient :

> Oh tu pleures ! tu pleures !
> Et c'est encor ma faute. Et qui me punira ?
> Car tu pardonneras encor ! Qui te dira
> Ce que je souffre, au moins, lorsqu'une larme noie
> La flamme de tes yeux, dont l'éclair est ma joie ?
> Je suis bien malheureux !
> . . . .

On voit dans cette langueur et cette inertie des personnages une grande différence avec le passé. Il y a eu d'autres âges de l'humanité où la littérature a fait de l'amour le but et le souverain régulateur de la vie humaine. L'amour alors est un principe d'actions et de louables actions. C'est un sentiment tout idéal, il échauffe les âmes, il est une source de perfectionnement moral. il est l'inspirateur des grands exploits. Ainsi pensait la poésie des Troubadours. Ainsi disait le *Roman de la Table-Ronde*. Ainsi faisait encore toute une partie de la littérature du XVIe siècle italien, héritière et enthousiaste de Pétrarque. Dans le XVIIIe siècle même, qui n'a pas la réputation d'être très-chevaleresque, ni très-romanesque, Mme d'Houdetot écrivait à Rousseau (1) : « L'amour, tel qu'il est dans mon âme, ne peut la dégrader et n'est capable que d'ajouter à ses vertus....... Ne méprisons pas un sentiment qui élève l'âme autant que le fait l'amour et qui sait donner tant d'activité aux vertus. L'amour, tel que nous en avons l'idée, ne peut subsister dans une âme médiocre, et il ne peut jamais avilir celle qu'il occupe ni lui inspirer rien dont elle ait à rougir. »

Utopie pour utopie, combien la conception poétique du passé est supérieure à celle des romantiques ! L'amour y est bien un principe d'activité et d'activité noble. Comme il est avant tout l'abnégation, le renoncement, le sacrifice, le sacrifice de tout son être à un autre être, il se traduit nécessairement par une série d'actes au profit de ce second moi. Il en est tout autrement dans le drame romantique ; chez lui l'amour tue l'action. Ou il est rêveur, et il se trouve une activité suffisante dès qu'il a enfanté des rêves, ou il est sensuel et égoïste, et ne rêve que la possession.

(1) V. *Les amis et les ennemis de Rousseau*, t. II, p. 366.

Tel est le caractère du drame d'A. Dumas. Ce
en quoi Antony se distingue des créations de
V. Hugo, ce qui lui fit un éclatant succès, ce qui
passionna toute une partie de la jeunesse, c'est
qu'il prétend peindre l'amour avec toutes ses
réalités, la passion effrénée, n'écoutant rien,
sacrifiant tout à elle-même, le paroxysme de la
passion. Ne demandez à cet amour ni délicatesse,
ni tendresse, ni attention. Il n'est que violence,
éclat, flamme dévorante. L'homme passionné est
exalté, il est un peu fou, il est délirant; tel se
montre Antony. C'est son essence même, la fièvre
est son état naturel. Tout chez lui est excessif.
En le comparant à Hernani, on voit bien qu'ils ne
sont pas nés à la même date, au même moment;
l'un est né avant, l'autre après la révolution de
Juillet, et il a pris sa large part des libertés
récemment conquises. Comment rêver un personnage plus emporté, plus dramatiquement expé-
ditif que ce « bâtard à l'œil fatal, à la bouche
moqueuse, qui brave en face les préjugés du
monde, qui arrache l'appareil de sa blessure pour
pouvoir rester impunément chez sa maîtresse, qui
l'adore, qui la maudit, qui la viole et qui la tue,
tout cela dans deux heures, pour lui prouver la
force de son amour; qui s'en va la relancer jusque
dans la chambre de son mari, où il la tue pour
l'empêcher d'être déshonorée » (1). Ce drame est
un perpétuel orage. On ne peut s'empêcher de

____

(1) A. Royer, *Hist. univ. du Théâtre.*

sourire en voyant sérieusement tracé ici le portrait dont Théophile Gautier, si respectueux cependant pour tout ce qui touche à l'école, a fait une caricature dans la *Jeune France* (V. *Rodolphe, comment aime un romantique*). Du reste, ces exagérations, qui nous semblent étranges et déclamatoires, à nous gens pacifiques et de sens rassis, gens pratiques et utilitaires, n'étaient que l'expression naturelle et vraie d'âmes ardentes et convaincues, des générations les plus exaltées qui aient été dans l'histoire du monde, et chez qui l'imagination était souveraine maîtresse.

L'amour d'Antony est uniquement sensuel. Celui-là ne se paie pas de mots ; il ne poursuit pas de vaines utopies. La théorie amoureuse du passé allait se perdre dans le ciel platonicien ; lui, en dépit de ses dithyrambes, ne poursuit que les réalités les plus grossières. Il n'est que le désir, l'appétit et le plus monstrueux égoïsme. On vous dit que la passion est sacrée. Cela veut dire en réalité que l'amoureux se croit le droit de lui tout sacrifier, parce qu'elle le fait grand et supérieur, et à ce titre, il n'a pas de devoirs, ou il n'en a que vis-à-vis de lui-même. Ils se résument tous en un seul, la satisfaction de ses désirs. En dépit de tous les beaux noms dont il le pare, son amour n'est qu'un appétit. Antony ne songe pas un instant à se sacrifier pour Adèle, il trouve tout naturel de la sacrifier à ses désirs. Quand il prétend l'aimer, il n'aime que lui-même et la satisfaction de ses sens, il ne veut que s'assouvir. L'amoureux, dans ce

drame, est une bête de proie. A force de vouloir
faire cet amour énergique, on le fait bestial. C'est
un amour de satyre. L'homme coupable de l'ignoble
attentat du troisième acte n'a plus rien à démêler
avec la littérature. Tout le rôle d'Antony peut se
résumer en ces deux mots qu'il adresse à Adèle
au second acte : Je vous veux, je vous aurai.
C'est à peu près ainsi qu'on devait comprendre
l'amour dans l'âge de pierre, au temps de l'homme
des cavernes.

A. Dumas croit avoir inventé la peinture de
l'amour vrai. La belle découverte, et que cela est
neuf et instructif! Que nous apprend-il, en effet?
Que l'amour est un appétit et qu'il veut absolument se satisfaire. En somme, Antony n'est pas
une créature humaine dans le vrai sens du mot,
se sachant responsable de ses actes, se décidant
librement entre le bien et le mal, chez qui la
passion peut faire taire la conscience, mais ne la
supprime pas; Antony ne semble pas même croire
qu'on puisse résister à un désir. Il se laisse toujours aller à la dérive. Il n'a que des instincts.

Et à ce propos, on ne peut se défendre d'un
rapprochement qui n'a rien de flatteur pour le
XIXe siècle. Dans le IIe siècle, avant J.-C., il y a
eu dans la Rome païenne un poète comique qui
avait aussi dans les veines du sang africain. Les
mœurs antiques permettaient toutes les peintures.
La comédie antique, en particulier, avait pour
spécialité de peindre les mauvaises mœurs. Té-
rence, ayant à son service un pareil fonds et de

telles licences, a revêtu de pudeur et de chasteté les situations les plus scabreuses. Et le poète de 1830, qui donne encore à son drame une teinte de religiosité, qui parle sans cesse de Dieu, d'ange et de prière, croit faire acte d'invention et de génie en donnant de l'amour l'image la plus brutale, en faisant appel à toutes les sensualités.

Et notez que nous retrouvons ici ce mépris de la loi morale que nous avons déjà signalé. Le romantisme a le mariage en aversion. Il affectionne l'amour libre, plus encore, l'amour coupable. L'adultère est le premier de ses droits et, comme l'insurrection en ce temps, le plus saint des devoirs. Phiothée O'Neddy le chante et l'exalte. L'adultère est un des ragouts, une des perfections de l'amour romantique. Il est une des formes de la revendication de la liberté humaine méconnue, confisquée par la fausse organisation sociale du temps, une des reprises légitimes de la femme incomprise, tenue par la loi en état de servage, une protestation de l'homme qui poursuit son affranchissement au nom de la liberté naturelle, de l'amour vrai et de la poésie; la poésie et le Saint-Simonisme s'accordent en ce point. Jamais la poésie dramatique n'a fait une telle consommation de l'adultère. Le drame romantique a inventé les beautés, les supériorités et les grandeurs de l'adultère, le droit à l'adultère, comme quelques années plus tard on proclamera le droit au travail. Il est à chaque instant dans le théâtre d'A. Dumas. Il y est jusqu'à l'inceste (V. *Teresa*).

Et notez qu'il n'y est pas seulement comme le résultat naturel des entraînements de la passion , il y est avec recherche. Les personnages du drame s'y complaisent parce qu'il est criminel. C'est-là, en effet , un des traits caractéristiques de l'état moral de ce temps. Nous trouvons là un des rêves que caressent le plus volontiers ces imaginations tourmentées et maladives , ces consciences troublées et peu sûres d'elles-mêmes. On aime à se dire et à se croire capable d'un crime, de quelque grand crime, inouï, monstrueux. C'est une des formes de la *supériorité*.

Dans cette recherche ardente d'originalité, qui est le mérite, mais qui est aussi la maladie de cette littérature, c'est-là un des moyens de se séparer de la foule. On se plaît à se mettre en opposition violente avec elle, à fouler ostensiblement aux pieds ses habitudes, ses instincts, même ses croyances, à lui imposer tout ce qui lui répugne. De là la recherche du violent d'abord, puis de l'horrible, puis de l'odieux, enfin du crime lui-même, du crime bien net, bien accusé ; c'est à qui inventera le plus énorme. Dans chacun des contes de P. Borel, que Théophile Gautier appelait son maître, il y a quelque invention monstrueuse, à soulever le dégoût, et tout au moins un crime. Antony se mettant en dehors de la société nous dit : « Il me faut à moi d'autres douleurs, d'autres plaisirs, et peut-être d'autres crimes. » Et ailleurs: « Devoirs et vertus , vains mots ! Un meurtre peut vous rendre veuve. Je puis le prendre sur moi,

ce meurtre... Il y a un crime entre vous et moi...
Soit, je le commettrai. » Il est vrai qu'Antony
n'est pas vraiment un passionné, c'est un ma-
niaque et un fou furieux. La vérité sur lui est
dans ces paroles d'Adèle : Vous êtes insensé et
vous me rendez folle. Mais Alexandre Dumas a
repris cette belle pensée pour lui-même. Dans une
préface en vers qu'il a mise à son drame et où il
nous apprend, ce que l'œuvre révélait d'une façon
éclatante, qu'il y a beaucoup de lui-même dans
son personnage (1), il se montre à nous préoccupé pour son compte de ces malencontreuses
imaginations, il nous dit qu'une voix mystérieuse
lui parle d'assassinat et lui fait « comprendre le
mystère du meurtre et de l'échafaud. » J'ai rêvé,
ajoute-t-il, de grève et d'échafaud.

Et ce n'est pas là une fantaisie personnelle ou
passagère. Trois ans plus tard, nous voyons
V. Hugo recueillir ces belles inventions et leur
donner place dans *Marie Tudor*. C'est le dernier
raffinement de la galanterie, la preuve d'amour la
plus délicate que puisse donner un cœur bien
épris. On offre à sa maîtresse un crime à com-
mettre, comme dans un autre temps on offrait
un bracelet. « Je me damnerai, et je commettrai

(1) Il a pris pour épigraphe ces mots de Byron : Ils ont dit
que Child Harold c'était moi... Que m'importe?

Et il ajoute : « Voici des vers que j'ai faits il y a deux ans.
Si je connaissais une meilleure explication de mon drame
je la donnerais. »

un crime quand tu voudras, dit Gilbert à Jane. »
Notez qu'il n'y a aucune raison pour que cette
petite ouvrière éprouve le besoin de se voir offrir
un assassinat. Le crime a pour Gilbert un attrait
tout particulier, il en rêve. « 'Je suis, lui dit-il
ailleurs, un honnête homme sans doute ; mais je
voudrais être un voleur et un assassin et être
aimé de toi. » « Vois-tu, ajoute-t-il pour com-
pléter son idée, je donnerais pour un baiser de
toi mon âme, » et Jane, pour bien montrer qu'il
a rencontré juste et trouvé la véritable expression
d'un cœur amoureux, s'écrie : « Quel noble cœur
vous avez, Gilbert ! »

« N'est-ce pas, dit-il encore, l'amour rend bien
méchant ? » C'est expressément le contraire de la
théorie ancienne, le perfectionnement de l'âme
par l'amour.

Chose curieuse et qui justifie la réflexion in-
génieuse d'un critique, disant que la littérature
exprime l'état de l'imagination, non l'état de l'âme
d'une société, c'est dans une des périodes les plus
douces qu'ait connues notre histoire que l'on se
plaît à rêver des choses terribles et à rêver qu'on
les accomplit soi-même.

Mais au fond de tout cela nous retrouvons toujours une pensée de mort.

En effet, l'idéal de ces jeunes gens, la plus
chère de leurs espérances amoureuses, la seule
félicité dont ils semblent capables, ce n'est pas de
vivre, c'est de mourir ensemble. En toute la fleur
de leur jeunesse, ils renouvellent cette société de

la mort commune, des Συναποθανούμενοι, imaginée par ces épicuriens blasés, à bout d'existence et d'espoir, Antoine et Cléopâtre après leur désastre. C'est le fait même de cette impuissance de vivre qui leur est naturelle.

Oh ! l'amour, s'écrie Hernani :

> L'amour serait un bien suprême
> 'Si l'on pouvait mourir de trop aimer.

Mourir surtout de la main de l'être adoré : ce qu'Hernani traduit en cette incomparable hyperbole, d'une expression si trouvée :

> Oh qu'un coup de poignard de toi me serait doux !

Pareille est l'expression de Doña Sol. Elle possède enfin son Hernani. Elle est dans toute l'ivresse de son amour :

> Je me sentais joyeuse et calme, ô mon amant ;
> Et j'aurais bien voulu mourir en ce moment.

Et, en effet, cet amour d'Hernani et de Doña Sol, toujours troublé, toujours inquiet et haletant, ne trouve son expression apaisée et sereine que lorsqu'ils portent tous deux la mort dans leur sein. C'est là que se place ce couplet délicieux :

> Calme-toi, je suis mieux. Vers des clartés nouvelles
> Nous allons tout à l'heure ensemble ouvrir nos ailes.
> Partons d'un vol égal vers un monde meilleur.

De même, Antony n'a qu'une chose à offrir à Adèle, l'assassinat par adoration.

La suprême volupté pour deux amants, ce serait de mourir foudroyés dans les bras l'un de l'autre, sur les ruines du monde ; mise en scène coûteuse et rare, mais qu'ils rêvent éperdûment.

Il y a dans la littérature un couple illustre d'amoureux dont le souvenir a été évidemment présent à la pensée de V. Hugo, quand il écrivait Hernani ; car quelques scènes de son œuvre rappellent tout à fait le vieux drame de Shakspeare. Comme Hernani et Doña Sol, Roméo et Juliette doivent être frappés jeunes par la mort, moissonnés en la pleine floraison de leurs jeunes tendresses. Mais quelle différence ! Comme ceux-là ne demandaient qu'à vivre ! Quelle plénitude et quelle intensité d'existence ! Que de jours longs et fortunés la destinée est venue détruire ! Comme ils ressemblent peu à ce couple maladif, toujours larmoyant et gémissant. Pour ceux-ci, le poison n'est pas venu interrompre leur vie, il est venu à propos les tirer de l'impasse où ils se débattaient péniblement ; car Hernani, même à son bonheur présent, mêle encore du fiel d'autrefois. Si Ruy Gomez ne venait pas réclamer la vie d'Hernani, demain il se retrouverait avec ses tristesses, ses langueurs, ses fatalités, et il irait lui-même chercher la délivrance.

Le romantisme du reste se plaît, et c'est même sa vraie marque, à associer perpétuellement les idées de mort et d'amour, d'anéantissement, de plaisir. Il voit là un assaisonnement et comme une amère saveur ajoutée à la volupté, un ragoût de plus donné à la passion. C'est un raffinement et une bravade dans laquelle les épicuriens blasés se sont complu de tout temps, depuis l'antique Égypte et ses légendaires festins. Ces danses macabres, ces triomphes de la mort, prodigués dans un but d'édification par le moyen âge finissant, le romantisme en fait l'expression de sa gaîté ou de sa passion. C'est ainsi qu'en souvenir des nuits enflammées de Newstead-Abbey, le petit cénacle, en ses modestes orgies dans un cabaret de banlieue, faisait circuler le vin d'Argenteuil « dans le crâne des morts. »

Ce rapprochement violent, qui mêle un frisson d'épouvante au plaisir, vous le trouvez sans cesse dans l'expression de l'amour et vous le retrouvez dans les petits détails matériels. Quand, par ordre d'Adèle, on fait l'inventaire des poches d'Antony évanoui, on y trouve un portefeuille plein de gages d'amour et un poignard, un petit poignard, un joli poignard finement sculpté, tour à tour instrument de meurtre et vrai joujou familier, un poignard qu'il portait toujours au grand effroi d'Adèle, dont le pommeau, chef-d'œuvre d'art, porte un cachet et une devise, qui lui sert d'habitude à cacheter ses lettres, et qui lui servira tout à l'heure à tuer Adèle. « Je le reconnais bien, dit-elle, à ces idées d'amour et de mort constamment mêlées. » Ce n'était pas seulement du reste au théâtre, mais dans la vie ordinaire,

que le jeune romantique, habitué à rêver drame
et événements dramatiques, se sentant par état
et vocation destiné aux grandes aventures, les
souhaitant et les appelant de tout son cœur, ne
voulant pas manquer l'occasion d'un crime, avait
toujours un poignard sur lui, comme on a un
mouchoir. Le poignard à cette date était devenu
un petit meuble familier. On l'avait sur soi, ou
sur sa table ; il servait de coupe-papier, en atten-
dant qu'il servît à couper la gorge. Quelques-uns,
hélas ! le prenaient au sérieux. Témoin Rabbe,
qui, après avoir écrit son dithyrambe enflammé *Au
vieux poignard*, finit par un suicide.

Les différents traits que nous venons de recueillir procèdent moins de l'observation que des
souvenirs littéraires et de l'imagination. L'imagination, en effet, prédomine à cette date. Elle est
la maîtresse absolue et la source de la littérature,
comme l'étaient autrefois la réflexion et la raison,
comme l'est aujourd'hui l'observation, le besoin
de précision et d'exactitude.

On n'a jamais eu cet amour et cette passion de
poésie, cette croyance à la poésie. Th. Gautier
nous représente cette génération comme composée
de « pâles adolescents aux longs cheveux, croyant
fermement qu'il n'y avait d'autre occupation
acceptable sur ce globe que de faire des vers ou
de la peinture. »

On a dit cent fois comment, au lendemain des
grandes luttes de l'Empire, la France, forcée de
se replier sur elle-même, mais toujours batailleuse,

n'avait fait que changer de terrain et avait mis la
même ardeur à combattre pour des idées. De là
une singulière surexcitation des cerveaux, un singulier éveil de l'imagination, une véritable fièvre.

Comme les preux chevaliers du temps jadis,
qui partaient en guerre, rompaient des lances
pour la beauté de leur dame, on était prêt à
mourir pour les mérites d'un hémistiche. On se
gourmait au théâtre pour les unités ; on eût fait
volontiers des barricades pour ou contre la loi
des unités.

On voyait alors ce qu'on n'avait pas vu, ce qu'on
ne reverra peut-être jamais, des gens prenant au
sérieux la vie poétique, essayant de la reproduire
dans la vie ordinaire, essayant de donner une
existence réelle à tous les types créés par la fantaisie des poètes aimés, de les copier, de les *faire
revivre*. On avait pris en pitié la vie moderne avec
son confortable et ses facilités bourgeoises, sans
passions et sans catastrophes. On avait la nostalgie
de l'Orient, des pays du soleil, des grandes aventures. On se croyait Werther, et ces gens qui
trouvaient l'existence de 1830 trop pâle et mono-
tone se tuaient ingénument pour le plus grand
honneur de la vie ardente et échevelée. On essayait
d'être Lara, d'être Manfred.

En quel autre temps trouverait-on un idéal du
poète comparable à celui qu'en trace en maint
endroit A. de Vigny, qui s'est fait l'interprète de
ses besoins, le porte-voix de ses aspirations, justi-
fiant ce titre *d'inutile* que nous appliquions plus

haut à l'amoureux romantique? « Le poète, dit-il
dans la préface de Chatterton (*Dernière nuit de
travail*), le poète a besoin *de ne rien faire* (sou-
ligné dans le texte) pour faire quelque chose en
son art. Il faut qu'il ne fasse rien d'utile et de
journalier pour avoir le temps d'écouter les ac-
cords qui se forment lentement dans son âme. »
C'est, selon lui, un être exceptionnel d'une sen-
sibilité exquise, vibrant à tous les sons, frisson-
nant à toutes les brises.

L'auteur nous a donné dans *Stello* une idée
plus complète encore de la façon dont il entend
la *mission* du poète ; car ce n'est rien moins
qu'une mission. Il y a quelque chose de mystique
et dans la conception qu'il a de son rôle et dans
l'expression qu'il lui donne. Le *Docteur noir* ne
cause pas, il révèle le *mystère* de la poésie. C'est
une véritable religion. Le poète est un être saint
entre tous, presque Dieu. Il est son fils aîné, son
verbe, son interprète, la fleur de l'humanité.
Il est le guide des nations, il est inspiré directe-
ment par Dieu, il inspire les actions publiques, il
a la conscience de l'avenir, il dit le mot qu'il faut
dire, et la lumière se fait. Du reste, c'est un être
à peu près unique, à peine en compte-t-on deux
ou trois par séries de siècles.

Il y a dans le livre un chapitre qui porte ce
titre imposant : *Credo*. Le poète y dit, avec
recueillement : Je crois en moi. Je crois fermement en une vocation ineffable qui m'est
donnée. Il a ce respect de lui-même que « doit

avoir l'homme qui se sent une muse au fond du cœur. »

Du reste son inspiration a droit à la plus complète liberté. Tout ce que produit l'artiste est utile, dès que cela est admiré. Lui seul est en possession de la vérité ; bien supérieur aux hommes politiques, à l'homme pratique, à celui devant lequel le monde s'incline. « Tout ordre social est bâti sur un mensonge plus ou moins ridicule, tandis qu'au contraire, les beautés de tout art ne sont possibles que dérivant de la vérité la plus intime. Le pouvoir, quel qu'il soit, trouve une continuelle opposition dans toute œuvre ainsi créée. — Le pouvoir repose sur un mensonge. »

Le poète est le premier des hommes, parce qu'il possède la première et la plus rare des facultés, l'imagination. Quand il l'a perdue, ou qu'il la sent faiblir, il peut *descendre* à la politique ; il lui restera toujours plus qu'il ne faut pour y tenir la première place.

Ainsi l'humanité se divise en deux classes, une minorité presque imperceptible, une élite, et le troupeau de l'humanité, les poètes et les non poètes : les non poètes attachés aux réalités et aux servitudes de l'existence, comme le bœuf ou le cheval au sillon et ayant droit au travail plus qu'aux jouissances, le poète dispensé de tout travail et ayant droit à toutes les jouissances.

Chose curieuse que cette conclusion donnée à ce moment par la jeunesse à ses rêves démocratiques !

Elle aboutit ingénument à l'oligarchie. Ainsi faisaient également les Saint-Simoniens qui, démolissant l'ancienne société en haine des priviléges, divisaient la société en deux parts inégales, d'un côté la foule innombrable, de l'autre le petit nombre des penseurs, c'est-à-dire des Saint-Simoniens.

Mais la poésie, la vraie vie poétique, ne suppose pas absolument des œuvres. Pour être, elle n'a pas besoin de s'exprimer. Elle est surtout la conception, la poésie de la pensée. Quand elle se traduit par des mots et se revêt d'une forme, elle commence à perdre de son idéalité. La poésie, c'est donc surtout le rêve. On est poète surtout par l'exaltation, par l'originalité, par toutes les habitudes d'une vie excentrique et indépendante.

C'est ce qui fait que le drame a été accueilli avec un tel transport par cette génération. C'est là, en effet, qu'est sa vraie patrie, c'est là seulement qu'elle trouve place à ses énergies spéciales, là qu'elle rencontre des êtres pensant comme elle, là que son individualisme égoïste peut se donner libre carrière.

Le drame donne également satisfaction à cet égard aux sanguins et aux sataniques d'une part, de l'autre aux mélancoliques et aux désabusés.

L'impuissance de vivre dans la vie réelle, cet alanguissement, cet énervement qui se refusent à toute action, disposent tout naturellement à se passionner pour le drame, pour ses violences et ses inventions excessives. L'imagination, en effet, est d'autant plus ardente que l'activité est plus engourdie. Inerte dans la vie réelle, l'homme a besoin d'une action violente en imagination. Il y a là une loi de réaction naturelle, une compensation. D'un autre côté, ces fantaisistes, dans la vie réelle, se heurtent sans cesse à la loi et à ses représentants. Dans le drame, seulement, l'homme ne comptant que sur lui-même et sur ses forces, décidé à satisfaire lui et ses passions, se peut jeter à travers la société, comme un sanglier à travers une haie, sans regarder à ses côtés, renversant tout sur son passage. C'est ainsi qu'il fait sa trouée dans le drame, et que s'il succombe dans sa lutte contre le monde et la fatalité, du moins il aura la consolation dernière de tomber en bravant et maudissant, et sans s'avouer vaincu.

C'est à cet effort personnel, égoïste et violent que le drame doit son originalité et sa sombre énergie, son puissant relief.

Il a aussi, en dépit des étonnements que nous causent aujourd'hui des personnages aussi fantaisistes (car ces œuvres, si différentes de nos habitudes d'esprit, sont déjà pour nous des monuments du passé, tout aussi loin de nous, à certains égards, qu'une tragédie de Corneille ou de Racine), il a sa part de vérité, vérité relative ; c'est le temps, non pas absolument tel qu'il a été, mais tel qu'il rêvait d'être.

Ces noms d'Hernani, de Didier, d'Antony, suffisent à eux seuls à évoquer toute une époque.

Cette peinture de l'amour, une des créations les

plus originales du Drame, a droit à une notable place dans l'histoire littéraire, car elle est en même temps l'expression saisissante de toute une période très-particulière de notre littérature, héritière d'une période de doute; mais elle-même ardente, fiévreuse et troublée, livrée à toutes sortes de vents et de courants contraires, et offrant le reflet exact de toutes les révolutions politiques, philosophiques, morales et sociales du moment.

Caen, Typ. F. Le Blanc-Hardel.